しとしと

立堀 貴子
TATEBORI Takako

文芸社

目次

しとしと

わたしの役割

みんなが　**あ**　って言ったから　あわてて　**あ**　って言ったら
みんなは　**い**　って言ったよ　だからあわてて　**い**　って言ったら
みんなは　**う**　って言ったんだ　だからあわてて　**う**　って言ったら
みんなは　**え**　って言ったよ　だから今度は思い切って
次に言うであろう言葉を言ってやったんだ　**か**　ってね
そしたらみんなは　**お**　って言ったんだよ
先に言いすぎちゃったんだ
みんなと合わせるのは難しい　合わせようとするけれど
合わせられないんだ
だからみんなが言う時　わたしはハミングしてみることにしたんだ
そうしたらみんなが喜んでくれたよ
みんなの言葉がハミングをバックに

とっても素敵に聞こえたからね
わたしの役割ってそういうことなんだって
その時気づいたんだ

大切な君へ

どうすれば気づくのでしょう　君が素晴らしいということを
どうすれば気づくのでしょう　他にはないものを持っているということを
どうすれば気づくのでしょう　泣いたっていいということを
どうすれば気づくのでしょう　明日は必ずやって来るということを
どうすれば気づくのでしょう　どんなことも
あとになれば些細なことになるということを
どうすれば気づくのでしょう　君は君のままでいいということを
どうすれば気づくのでしょう　君はとってもやさしいということを
どうすれば気づくのでしょう　わたしは君の味方だということを
どうすれば気づくのでしょう　時折見せる
君の笑顔に助けられているということを
どうすれば気づくのでしょう　わたしにとって

かけがえのない存在であるということを
そしてあなたと共にわたしも生きているということを

ポケット

ポケットの中身をひとつ
あなたにあげます
あなたにあげた分だけ
ポケットが軽くなりました
だから、お礼はいりません

ポケットがもっと軽くなるように
ポケットの中身をひとつずつ
あなたにあげましょう
重くて歩きづらかった生活が
かえって楽になるかも知れません

ポケットの中身は何でしょう
何年もかかって少しずつ増えたから
いろいろな物が入っています
鞄に入れるにはちいさすぎて
手に持つには大きすぎて
ポケットの中にそっとしまった宝物

ポケットから出して
あなたの手にのせた時
あなたが笑顔になるように
時々ポケットに手を入れて
温めておきましょう

そして、あなたのポケットに
入りきれなくなったなら

ひとつずつポケットから取り出し
あなたの周りの人達が
きっと笑顔になるように
手で温めた宝物
そっと差し出し
誰かの手のひらに
のせてあげてくださいな

しあわせの一日

山のむこうのそのむこう
陽が沈むのはそのまたむこう
ちいさな祠が建っている
あの山まで、夕焼けがはじまっています

今日の終わりに
夕焼けの景色をもらいます
今日も無事にすみました
明日のことは、また明日
今日のことへのお礼を言います

山のむこうのそのむこう

陽が昇るのはそのまたむこう
祝福の朝日から
明日がはじまります

しとしと

しとしと　しとしと　雨ですか
しとしと　しとしと　違います
しとしと　しとしと　何の音
しとしと　しとしと　しとしと

何処から聞こえてくるのでしょう
しとしと　しとしと　わかりません
しとしと　しとしと　あなたの方から聞こえてきます
しとしと　しとしと　耳をすましてごらんなさい
しとしと　しとしと　ほら、あなたの中から
聞こえています
しとしと　しとしと　しとしと　しとしと

どんどん大きな音になっています
しとしと　しとしと　わかりませんか
しとしと　しとしと　ほら、あなたの中を
何かが流れて行く音です
しとしと　しとしと　しとしと　しとしと

とてもきれいな音です
しとしと　しとしと　いつまでも聞こえます
しとしと　しとしと　確かにあなたの中から聞こえています
しとしと　しとしと　まだわかりませんか
しとしと　しとしと　しとしと　しとしと

これは、涙の流れる音ですね
しとしと　しとしと　まだ音は続いています

しとしと　しとしと　しとしと　しとしと

気づかれないように、泣いていたのですか
わたしが音に気づいてしまったから
あなたの中を流れる涙は
堰をきったように、あふれてしまったのですか
しとしと　しとしと

お泣きなさい
しとしと　しとしと

思いっきり
しとしと　しとしと　しとしと　しとしと

わたしは、あなたの側にいます

かくれておるよ

あんたがたどこさ、肥後さ
肥後どこさ、熊本さ
熊本どこさ、せんばさ
せんば山にはタヌキがおってさ
それを猟師が、鉄砲で撃ってさ
煮てさ、焼いてさ、食ってさ
それを木の葉でちょいとかくし

あんたがたどこさ、東京さ
東京どこさ、東京のはじっこさ
はじっこどこさ、やさい畑さ
キャベツ畑に捨て猫おってさ

それをおじさん、棒でぶってさ
ぶって、投げて、捨てた
それを生ごみでちょいとかくし

こわいさ　どいつが、猫が
猫のどこが、犬がさ
犬のどこさ、鳩さ
路地の裏にはたくさんおってさ
それを知らずに、車が通る
轢いて、轢いて、轢いて
それに気づかぬ人たち

人が人と人に、唾を
唾をかけた、なんでさ
人がやること、謎さ

それを見ていた生き物逃げた
猫も犬も鳩も、こわくて
逃げた、逃げた、逃げた
逃げて行く先やっぱり人おる

こわいさ、こわいさ、つらいさ
猫が車の下にかくれ
犬が公園の隅にかくれ
鳩が屋根の下にかくれ
かくれてるのを、知らずにおるよ

人は、人は、人は、人は、人は……

許してください

許してください　大きなからだを
許してください　大きな手を
許してください　長い爪を
許してください　黒いからだを

クマが撃たれて死んでいます
山から食べ物探して下りて来て、いい匂いに誘われて
行ったら、人間に会いました

クマはびっくり驚いて、とうとう爪を出してしまいました

ここはもともとクマが住んでいたところ

道路がどんどん出来ています
家もどんどん建っています
山がどんどん変わっていきます
クマはどこへ行けばいいのでしょうか

許してください　木に登ることを
許してください　すごい食欲を
許してください　人のすぐ近くに住んでいることを

許してください

許してください　醜い顔を
許してください　冷たいからだを
許してください　泳げることを

蛙がお腹をだして死んでます
ここは、マンションの真ん中にある人工池
駆除という名の薬を撒かれ
たくさんの蛙が池の中で浮いてます

許してください　この池に集まったことを
許してください　仲間を呼び合ってしまったことを
許してください　鳴き声が大きなことを

ここは　もともと沼地だったところ
この人工池以外　池はありません

許してください　もといた場所から出て行けなかったことを
許してください　水がなければ生きられないことを

ひぐらし

かなかなかなかな
一年中聞こえて止みません

どうしようかな
行こうかな
止めようかな
楽しいのかな
辛くはないかな
一人きりではないかな

どうなるのかな
明日にしようかな

今日にしようかな
明後日はどうかな

かなかなかなかな
迷って聞こえる、かなかなは
人間だけに聞こえる
ひぐらしの羽音

瞳

猫がにゃーとなきました
わたしが撫でるとまたなきます
見つめあったら
猫のちいさな瞳のなかに
わたしの顔がうつっています
ちいさなからだの猫なのに
人間の大きなわたしを
ちいさな瞳におさめています

カラス

カラスが「カアカア」言ってるよ
いいや　カラスが「クアクア」言ってるよ
いいや　カラスが「グオグオ」言ってるよ
いいや　カラスが「アーアー」言ってるよ
いいや　カラスが「ターオターオ」言ってるよ

耳は二つずつ、人の数の倍なのに
カラスの本当の声を聴き分ける
人間の耳はありません

あくび

猫が大きなあくびをしました
犬が大きなあくびをしました
トラが大きなあくびをしました
熊が大きなあくびをしました

あくびの連鎖が始まって
それはいずれ人間の世界へと続きます

あの子が大きなあくびをしました
その子が大きなあくびをしました
この子も大きなあくびをしました

眠いからではありません
つまらないからではありません

辛いからあくびをします
辛い気持ちから逃げ出したくてあくびをします
気持ちを落ち着かせるためにあくびをします

これは動物が知っていること
これは人間が知らなければいけないこと

ごほうび

笑うとひとつもらえます
大きな、大きなお年玉
声を出して笑うともっともらえます
たくさん、たくさんお年玉
泣きたいのに笑ったら
どんどん、どんどんお年玉
笑うと、側にいる誰かさんも一緒に笑ってます
誰かさんも、もらえるお年玉

笑うとひとつへってます
からだの悪い困ったところ
笑うとどんどんへってます

からだのあちこち痛む場所
一緒に笑った誰かさん
困ったところがなくなって、よけいに笑って
どんどん　どんどんお年玉

柿

柿をむきました
くるくるくるくる
皮が一本になって
手元から落ちていきます
むいた皮を手にしたら
お母さんの姿が浮かんできました

くるくるくるくる
きれいにむいて
子供の数だけ切り分けて
「ほらほら、お食べ」
お母さんは食べずに笑っていました

「いつか庭に柿の木を植えましょうね」
柿をむくたびに話してた
お母さんの横顔が浮かびます

秋が来て、子供の大好きな柿を
くるくるくるくる
むいています
自分は食べずに、子供に差し出し
子供が食べる姿を見つめています

お母さんと同じことをしてみて
お母さんの気持ちを知りました

お母さんが好きだった次郎柿

食べやすいようにちいさく切って
仏壇に供えます
「上手にむけたね。ありがとう」
お母さんの声が、かすかに聞こえてきました

箪笥

この風は　海のむこうのあの島の
潮の香りがしています
あの島のお家はどうなったでしょう

誰かがとうに住んでいて
きれいにペンキを塗り直し
新しいお家になっているでしょう

あそこに残して来た箪笥　祖母の代から使ってた……
とうとう取りに行けなくて……
きっと、とうに捨てられているのでしょう

でも……でも……もしも……

誰かが大事に使ってくれていたならば
引き出しに入れていた匂い袋
白檀の香りがしみ込んで
しまった衣類を懐かしい
香りに包んでいることでしょう

電車の窓から

ビューン、ビューン飛んで行く
ビューン、ビューンお空の雲が
ビューン、ビューン飛んで行く
ビューン、ビューン飛行機が

電車の窓から見る景色
遠くに懐かしい風景が、見えかくれしています

ビューン、ビューン飛んで行く
ビューン、ビューンサクラの花びら
ビューン、ビューン飛んで行く
ビューン、ビューン踏切、信号、手を振る人達

電車に揺られて思うのは
懐かしい子供の頃の、あの景色

ビューン、ビューンもうすぐ着きます
ビューン、ビューン大きな樫の木のある庭に
ビューン、ビューン生まれ育ったあの家に

もういないお母さんが
遠くで手を振って、待ってるようで

ビューン、ビューンうれしくて
ビューン、ビューン涙が出ます
ビューン、ビューン鉄橋越えて
ビューン、ビューン山が近くに

ビューン、ビューンあと少し
ビューン、ビューンあの場所へ
お母さんの匂いの残るあの家へ

お空に逝ったお母さん
此処での用事が済んだら、参ります

いつか必ず参ります
ゆっくり、ゆっくり参ります

お土産話、いっぱい、いっぱい持って参ります
再会した時、話しましょ
いっぱい、いっぱい話しましょ

母娘の会話をいたしましょ
疲れるまで話しましょ

ビューン、ビューンお母さん
ビューン、ビューン汽笛が鳴ります

ビューン、ビューン駅が見えます
ビューン、ビューンお母さん

ひとりきり

おはよう
こんにちは
こんばんは
おやすみ

毎日繰り返されるあいさつを
鏡にむかって言ってます

わかってください
ひとりきりの生活を
わかってください

静かすぎることを

今日手紙が届きました
古い友人が亡くなった知らせです

わかってください
ひとりでは、歩けないことを
ひとりでは、行けないことを

おいおい　おいおい泣きながら
ひとりで手紙をしまいます

頭の中

またひとつ、知ってしまったことがあります
毎年、知ることが増えていきます
知らなければ、そのまま済んでいたことが
知ってしまったために
立ち止まらなくてはならなくなりました

知らないふりをすればいいのでしょうが
知ってしまった心には
どうしても蓋が出来ません
知るべきことと、知りたいことと
知りたくないことが
どんどん、頭の中に詰め込まれていきます

知りたかったことよりも
知りたくないことが、多すぎて
いつの間にか
忘れようとする回路が出来ました

ロウソク

ロウソクが短くなって
終わりを告げています

なのに、炎は前より大きく
赤々と燃えはじめました

ちびた胴体にその倍の大きな炎が
ゆらゆらと動きながら
静かに消えていきました

終わりの煙が
上に向かって上っていき

ロウソクの台には
かすかに燃えた匂いを、残していました

あとがき

私は、浮世離れした母と家庭を顧みない父の間で、四人兄姉の末っ子として生まれました。

歳の離れた兄姉からいつも置いてきぼりにされて育った私は、自然が遊び相手でした。

その頃の多摩地区は雑木林が多く、桑の実、グミの実、山栗、たけのこ、と四季折々の実が実り、私はそれを取るのが楽しくて、ひとつの遊びでした。

台風の過ぎた翌朝、木から落ちた沢山の栗を持ち帰り、母に茹でて貰ったあの味は忘れられません。

兄姉とは遊び相手になれませんでしたが、母はよく話し相手になってくれました。

その中でも忘れられない光景があります。

母と私、小さくばってんの付いた理科のテスト用紙を見つめている光景です。

アリの絵とカタツムリの絵があって「これはなんというなまえでしょう」という問いに私は「ありんこ、でんでんむし」と書きました。ばってんの横には「ただしくかきましょう」と赤ペンで書いた先生の字がありました。

母は「これはアリンコに見えるけど違う虫なんだわ」と言っていました。

今振り返ると、私はそういう母のお陰でここまで生きてこられたのだと感じます。

私の人生も折り返しをとっくに過ぎてしまいました。

ここまでの道のりは、あっという間でした。

更に現代は時間が加速していると感じざるを得ません。

人間は、もっとゆっくり生きるべきだとつくづく思います。

地球には人間以外の生きものが沢山いるのだから……。

子供の頃当たり前にあった自然が、多く又、戻ってくるのを願っています。


最後までお読み下さりありがとうございます。

著者プロフィール

立堀 貴子（たてぼり たかこ）

1959年東京都多摩地区生まれ。

演劇集団「山猫堂」代表。

朗読・語り「かっこの会」代表。

山登りと動植物をこよなく愛す。

現在、犬、猫と東京都調布市在住。

著書：詩集『聴こえてくるもの』(日本文学館)、『かっこの家出宣言』(文芸社)、『かっこの保険がかり』(文芸社)

しとしと

2020年9月15日　初版第1刷発行

著　者　立堀 貴子
発行者　瓜谷 綱延
発行所　株式会社文芸社
〒160-0022　東京都新宿区新宿1－10－1
電話　03-5369-3060（代表）
03-5369-2299（販売）

印刷所　株式会社フクイン

ISBN978-4-286-21957-8